AF209921

Valkeus ja pimeys

Valkeus ja pimeys

Runoja ja kertomuksia

Paavo Räisänen

Olen julkaissut aiemmin BoD:in kustantamana useita kirjoja.
Kirjailija sivuni: www.kirja-lakka.com

© 2024 Paavo Räisänen

Kustantaja: BoD – Books on Demand, Helsinki, Suomi

Valmistaja: BoD – Books on Demand, Norderstedt, Saksa

ISBN: 978-952-80-8220-0

Sisällysluettelo

Luvut:

Laki on hyvä

Varoitti Jumala aikoinaan

Hesekielen kautta

ompelemasta pehmityksiä

sielujen tutkimiseksi

sillä ihminen tahtoo tuntea ihmismielen

moni asia Jumalan salaisuus

Jumala sielujen tuntija

ilmoittaa itse

mitä tahtoo

mitä kätkee

älä sitä käärmeeltä kysy

Hesekiel 13: 18–23

Hesekiel saarnasi:

"sen sielun, joka syntiä tekee,

pitää kuoleman"

mutta:

"ei pojan pidä kantaman,

isänsä syntiä"

Jumala kostaa isien pahat teot

mutta armahtaa katuvaa

Sillä Jumala iloitsee

kun syntinen kääntyy

ja ei tahdo

hänen kuolevan synnissä

Hesekiel 18: 18–23

He kävelevät alttarille

häämarssi soi

tunnon puhtaus

rauha

yhdessä on suunniteltu tulevaa

he tahtovat Herran siunauksen

aloittaa yhteinen taival

rakkaus jalo

yhdistää heitä

sama uskon ymmärrys

he tietävät

tulossa on hyviä ja huonoja päiviä

"rakastaa myötä ja vastoinkäymisissä,

aina kuolemaan saakka"

Kuolema

missä on voittosi?

Helvetti

turhaan vaadit Herran omaa

tuonela korjaa vain omiaan

Jumalan oman osa

kuolemassa voitto sodasta

edessä osa autuas

Jumala sanoi:

"tulkoon valkeus"

ja valkeus tuli

Se peitti koko tyhjän maailman

valaisi

Todellinen valkeus

Kristus

maailman valkeus ja sovitus

luotiin aikojen aamuna

He lupaavat tehdä huorin

vetoavat ajan muuttumiseen

mutta Herran Sana sanoo:

vähinkään piirto tai rahtu

Sanasta ei katoa

ennen kuin maailma loppuu

ja koittaa tuomio

"Laki on hyvä"

opetti Jumala Paavalin kautta

sillä laissa on armon näköala

jos laki ei saa herättää

synnissä nukkuvaa

häntä uhkaa helvetti

vaiva ikuinen

Pimeydestä valkeuteen

saatana on tuhanten juonten mestari. Halki ihmiskunnan hän on käyttänyt hyväksi ihmisten heikkouksia ja ihmisessä elävää syntisyyttä ja ihmisen syntistä lihaa. Hän on aina saarnannut syntien tunnustamisen hulluutena ja tarjonnut vaihtoehdoksi omia arvojaan ja aatteitaan ja oppejaan. Hän saa aikaan ahneuden, itsekkyyden ja kunnianhimon, sekä ihmisen halun tietää kaikki. Yksi hänen pahimpia keksintöjään oli seksuaalisuus, jonka hän opetti käärmeilleen ja teki heistä sielujen tuntijan ja ihmisten tuomarin. Jumala katsoi ihmistä laupeutensa silmillä ja korjasi osittain tämän saatanan pahan teon, ottamalla sen lopulta omaan hallintaansa.

saatanan juoni oli kavala. Hän saastutti ihmisen itsekkyyteen ja ahneuteen vedoten ilmaston ja luonnon. Hän päätti kerran syyttää asiasta Jumalaa, koska kaikki oli tapahtunut langenneen esivallan suojissa ja esivalta kuitenkin on Jumalalta. Hän päätti kerran luoda hyvän ihmisen jaloine aatteineen korjaamaan asian, jolle hän opetti ateistiset ja huoruuden sallivat arvot ja näin saatana aikoi ottaa maailman haltuunsa.

saatana on aina ollut esivaltaa vastaan, koska esivalta on Jumalalta. Hän on saanut aikaan esivaltojen rikkeitä ja väärinkäytöksiä ja hän päätti kerran syyttää kaikesta Jumalaa. Saatana kidututti itseään Keskiaikaisissa kammioissa ja syytti myöhemmin siitä Jumalaa, jotta tulisi osoitetuksi, että hän on hyvä ja Jumala ja Jumalan tukema esivalta on paha, ja valta on siirrettävä kansalle, jota hän on aina vietellyt.

Saatana on aina halunnut luoda käärmeitä teettämällä ihmisillä pyhänhäpäisyjä. Hän on tehnyt suurista kirkollisista juhlista huorinteon päiviä. Helluntai heila, juhannustanssit, huoruus ensimmäisen marttyyrin Stefanuksen muistopäivänä. Juhannus on keskikesän juhla, jolloin muistellaan Jeesuksen edelläkävijän Johannes Kastajan syntymää, joka koki marttyyrikuoleman ja oli Jeesuksen sanojen mukaan suurin profeetta Mooseksen ohella.

Psykologiassa elää käärme, joka on tehnyt pahasti huorin monen saatanan oman kanssa ja ovat näin saaneet seksuaalisuutensa. He avautuvat joillekin ja kertovat, miten heidän kanssaan on maattava. Tästä ovat syntyneet seksuaaliopit, jotka suurelta osin ovat saatanan kertomaa valetta. He eivät kestä kuulla puhetta Jumalasta ja ovat kieltäneet Jumalasta puhumisen psykologiassa. Jokaisella on herransa ja on vain kaksi herraa: Jumala ja saatana.

Mediassa elävä käärme

Mediassa elävä käärme on tehnyt jo nuorena huorin ja ottanut vapaan seksuaalisuuden. Koska oppi on saatanalta peräisin, hän on joutunut sen orjaksi. Myöhemmin hänen on vaikea muuttaa linjaansa, koska saatana pitää häntä otteessaan ja painostaa, mitä käärme saa kirjoittaa ja julkaista. Hänetkin pelastaisi usko Jeesukseen ja Hänen pelastustyöhönsä, mutta hän on tehnyt ja hyväksynyt paljon syntiä ja hänen on vaikea uskoa.

Lauantai ilta

on nuorten tärkeimpiä iltakylä iltoja

katsellaan puolisoa

vietetään aikaa yhdessä

illan aloittavat seurat

Kadotetut kokoontuvat huveihinsa

nauttivat huoruudesta

irstaus

heidän ilonsa

Uskovaisilla Herran rauha

Musiikki-runo esitysteni sanoja

Nämä videot on musiikin kanssa julkaistu YouTube kanavallani, jolle on linkki kotisivultani www.kirja-lakka.com

Keskikesän juhla

Keskikesän juhla

Juhannus

valo valtaa Pohjolan

suvi kukkii

puut hohtavat vihreyttään

Muistellaan Jeesuksen edelläkävijää

Johannes Kastajaa

suurin profeetta Jeesuksen sanojen

mukaan

Jordanin rannoilla

hän kastoi

vedellä

Väkevä oli hänen saarnansa

"tehkää parannuksen soveliaita

hedelmiä"

"Jo on kirves puun juurella"

valmiina leikkaamaan

kadotetut

tuleen, vaivaan

Kadotetut kokoontuvat

orgioihinsa

juovat helvetin lientä

huutaa kadotettu sielu

kertoo isäntänsä oppia

he tekevät huorin

elävät hekumassa

Hekuman takia

Johannes Kastaja mestattiin

tuotiin pää vadilla

porton vaatimuksesta

Mikä on muuttunut?

Tarjosi Johannes Kastaja

parannusta

Pelastusta synnin teiltä

sanoma, lupaus

ei ole muuttunut

Jeesus on Juhannuksenkin Herra

Hänen edelläkävijänsä

syntymäjuhla

Jeesus kastoi hengellä ja tulella

sama tuli elää tänäänkin

armoa tarjoaa

Siionin virrat

Ihminen on vain liha

lihaa ei kuulu kieltää

sydän lihaisa on elävä

lihaa ihmisen keho

joka lihan kieltää

vihaa Jumalaa

vaihtaa isäntää

Tuhanten juonten mestari

on saatana

tekee hyvän ihmisen

synnissä elävän

kertoo aatteet jalot

elämän suojaksi

Ihminen ei ole hyvä

paha ei ole oikein olla

ihminen on syntinen

sillä syntinen on hänen lihansa

mielensä

"Kaikki ovat pois poikenneita,

ja tuiki kelvottomiksi käyneet"

Joka rakastaa Jumalaa

pitää hänen Sanansa

jokaisen

lähimmäisen rakkaus

Jumalasta vuotava

ei salli syntiä

jonka Sana synniksi osoittaa

Käärme vihaa Jeesusta

juonii

sanoo olevansa Jeesuksen oma

vaatii Jeesuksen ristille

jotta kostaisi

päänsä rikkipolkemisen

Jumalan Sanan kirkas tuli

paljastaa vääryyden, valheen

kertoo totuuden:

"ihminen on syntinen"

jokainen

Tarvitsee jatkuvasti Evankeliumia

syntien anteeksiannon saarnaa

Jumalan armoa

Siionissa virtaavat ihanat virrat

kaikuu sovituksen sana

Tarjoaa syntejä anteeksi

rauhan, Jumalan armon antaa

"Kuule kutsu Jumalan,

kutsu tää voi olla viimeinen"

Sydän voi paatua

parannusta ei huomiseen

kannata lykätä

Uhrituli

Ihmisen himo

tietää kaikki

olla Jumalan vertainen

kumota Hänen Sanansa

synnistä puhutteleva

sieluun sattuva

Ihmisen kapina

Jumalaa vastaan

keksiä verukkeita synnille

uusia termejä

oppeja jaloja

synnin peitteeksi

Hän tekee huorin

ei tee siitä parannusta

tarvitsee synnille peitteen

käärme hänelle kertoo

hänen seksuaalisuutensa

Uhrituli paloi ristillä

takana tuskan, piinan yö

valvottu, kidutettu

Rakkaus ei sammunut ristillä

armoa Hän tarjoaa

synnin juoksusta

Jeesus jätti omilleen

avainten vallan

maan päälle

syntejä anteeksi saarnata

pidättää paatuneelta

jonka tunnon

Jumala on jo sulkenut

ei saa tuntoa

ei ymmärrystä

Jumalan suuri rakkaus

kutsuu jokaista

älä käy ohi etsikkoaikasi

armon aika voi mennä ohitse

yksi on tie pelastukseen

kaita

täynnä tuskaa, vaivaa

palkka taivaassa

Taistelu

Sielunvihollinen on kavala

se hävisi Jumalalle taistelun

totuudesta

ja se todistettiin valehtelijaksi

juonittelijaksi

sillä valheen ruhtinas

pettäjä

on saatana

Keksi saatana aseekseen

ihmisen menestymishalun

halun tavoitella aina lisää

kultaa, kunniaa, mainetta

juoni ikiaikainen

juontaa maailman alusta

Juonii saatana tekoälyllä

keksii virtuaalimaailmoita

hävisi taistelun ihmisenä

otti koneen avukseen

saatana avuton

ilman vahvistimia

ei kuulu basson jytke

vingutus sähkökitaran

hoilotus

ilman sähkö vahvistinta

desibelit hurjat

monen epäjumala

Huorin tahtoo tehdä ihminen

käyttää saatana himoa

hyväkseen

keksii aatteet jalot

suojaksi sen

Jumalan kansa saarnaa totuutta

Raamatusta vuotavaa

on totuus ikiaikainen

ei muutu, vaikene

on ihminen syntinen

Hänet Kristus lunasti

Rakkaus

Soljuu keväinen tunturipuro

kukat kukkivat

linnut laulavat

tunteet herkät

versovat nuorten rinnoissa

Jostain kuuluu basson jytke

himo lihan tunkee ytimiin

mieleen

vie rakkauden

vaatii huoruuden

On saatana saastuttanut

rakkauden

ottanut aseekseen

kuin himo lihan

ainoa rakkauden muoto olisi

Ja he tekevät huorin
tanssilattialla
Himo valtaa mielen
suudelma voi tuoda
sielun kuoleman

Rakkaus Jumalasta vuotava
puhdas, aito, välittävä
tuntee vastuun
toisesta huolehtimisen

Rakkaus Jumalan
oli uhrata Poikansa
vuoksi syntiemme, himojemme
suuri oli rakkaus ristillä
vuodatti verensä

Saarnaa Jumalan kansa

armoevankeliumia

tarjoaa parannusta

synnin juoksusta

Jumala puhuu seurakuntansa kautta

Eräs rakkaustarina

Oli rakastunut pariskunta. He toivoivat kovasti lasta rakkautensa hedelmänä, mutta eivät saaneet sitä. He säilyttivät Aabrahamin uskon lapsesta vielä vanhoilla päivillään, mutta eivät saaneet täyttymystä, kuten Aabraham ja Saara. Heidän elämänsä heidän keskinäisestä rakkaudestaan huolimatta oli täynnä tuskaa ja vaivaa Kristuksen nimen tähden, sillä Häntä he palvelivat. Koitti päivä, jolloin mies kuoli. Hänen tahtonsa hänen hautajaisistaan toteutettiin ja hänen vaimonsa seisoi "Kristus valo valkeuden" urkukappaleen soidessa valkoisessa asussa hänen arkkunsa ääressä. Sillä hänen vaimonsa sai olla oma todellisen sulhasensa, Kristuksen. Koitti päivä, jolloin myös vaimo kuoli. He tapasivat toisensa taivaassa ja kulkivat käsi kädessä yhdessä Paratiisissa, mutta ilman synnin vaivaa, sillä taivaassa ei ole enää sukupuolielämää, eikä mitään syntiä, vaan ainoastaan puhtaus, rauha, ilo ja onni.

Eräs vaellus

Hänet oli luotu enkelilapseksi taivaaseen, kuitenkin ihmiseksi. Hänen oli hyvä olla ja elää siellä. Sillä kaikki lapset on luotu taivaaseen, kuten Raamattu kertoo. Koitti kuitenkin Jumalan ennalta suunnittelema ja määrätty aika, että hänen oli lähdettävä taivaasta maan päälle. Jumala antoi hänet luonnollisen sikiämisen kautta hänen äitinsä vatsaan. Hän eli maan päällä ja kärsi paljon vaivaa ja tuskaa ja häntä vieteltiin koko ajan. Hän kuuli puhetta taivaasta, mutta ei muistanut olleensa siellä. Hän kuitenkin kaipasi sinne. Tällainen on ihmiselämä, iäisyys on ikuinen, se on enemmän kuin miljardi kertaa miljardi vuotta ja mainen taival tuskassa ja vaivassa kestää vain hetken, yleensä alle sata vuotta. Kerran kertomuksemme vaeltajakin kuoli. Hän oli ahkeroinut tehdä synnistä parannusta, joka oli koko ajan tarttunut ja hän pääsi takaisin oikeaan kotiinsa täältä synnin ja kuoleman maasta. Siellä hänen oli hyvä viettää iäisyyttä yhdessä muiden poisnukkuneiden pyhien ja enkelien kanssa Karitsan hääjuhlissa.

On suvi

linnut laulavat

lehti vihertää

kadotettu huutaa yössä

juhliva joukko ympärillä

remuaa, hoilottaa

kädet kohoavat kohti heidän jumalaansa

huorintehnyttä vapahtajaansa

hurraa huudot kaikuvat

kadotettujen liemi virtaa ajas kurkusta

Jossain Jumalan kansa

viettää rauhassa iltaa

on oltu seuroissa

nautitaan Herran rauhasta

uskossa nauttien

Järki ihmisen

keneltä sen otit?

sillä Paavali saarnasi:

"järki sotii uskoa vastaan"

se sotii

pahasti

Ei näe Jumalan maailmaa

näkee maallisen

sielunvihollisen ansa

Myös Jumala tarjoaa järkeä

uskoon sidottua

Hänen apostoleillaan oli järki

Jumalalle kuuliainen

Lahja Jumalalta

saatana on saarnannut

"Hoosea ja Jeremia, olivat

maailman hulluimmat ihmiset"

heidän sairautensa nimi oli

ettei heillä ollut mitään sairautta

ja tämän on saatana

aina lukenut suurimmaksi sairaudeksi

sillä saatana on hullu

ja levittää sairauttaan

Herran profeetat

eivät sitä ottaneet

Jumala on armollinen

se joka katuu

saa kyllä armon

ja vapautuksen synneistään

sitä varten Hänen Poikansa tuli maan päälle

että Hän särki ja voitti perkeleen työt

sovitti syntimme

Hän on voittomme

lunastuksemme

autuutemme lähde

Jumala on rakkaus

Hän pelastaa sen

joka Häneen turvaa

Jumala puhuu seurakuntansa kautta

käyttää äänitorvenaan sananpalvelijoitaan

kaikuu veren ääni

kutsuva

parannusta ei kannata lykätä huomiseen

jokaisella on armon aikansa

älä käy sen ohitse

Tunnon rauha

Ihminen aina kapinassa Jumalaa vastaan

ei tee parannusta synnistä

keksii opit jalot

viisaat

synnin peitteeksi

Haluaa olla Jumalan vertainen

tietää kaiken

kapinoida

ei tehdä parannusta

keksiä opit suojaksi

itsensä korottamiseksi

tuomion välttämiseksi

ansa saatanan

kadottava

Jumala hyväksyy sukupuolielämän vain miehen ja naisen välisessä avioliitossa. seksuaalinen suuntautuminen on käärmeen vale. Hän pyrkii näin viemään ihmisten sielut ja johtamaan kadottavalle tielle. Itsetyydytyksenä omassa lihassa tapahtuva huorintekokin on synti, mutta siitä saa Jumalan armon, koska ihminen on mahdottoman edessä, sillä hän voi pyytää Jumalalta melkein mitä vain, mutta ei Jeesuksen kaltaista synnitöntä lihaa. Mutta tämäkin teko on saatava anteeksi ja ihminen on syntinen, koska lankeaa aina syntiin, eikä hänestä voi tulla synnitöntä. Pornofilmit ovat aikamme riesa. He sanovat antavansa himonsa yksinäisille miehille. Miehet ovat tuhansia vuosia pärjänneet ilman seksiteollisuutta ja pärjäisivät edelleen. Harva mies seksitähtiä kotiinsa haluaa, eikä heillä pitäisi olla oikeutta tulla miehen makuuhuoneeseen internetin kautta miehen heikkona hetkenä.

Perillä maisen vaivan

odottavat uskovaista Karitsan häät

ikuiset

Separhit, enkeli laulavat

puhtaus

autuus vallitsee

ei maista murhetta

on aika palkinnon

ansiottoman

sillä he kysyivät:

"koska me näitä hyviä töitä teimme"

armopalkka

onkin armosta

uskovan

Ihminen on erehtyväinen

jokainen

kukaan muu kuin Jeesus

ei ole saanut erehtymättömän osaa

Raamatun Sana on erehtymätön

koska on Jumalan ilmoitus

kaikki eivät myönnä virheitään

seuraa valhetta

paljon pahaa

Jumala opettaa nöyryyttä

kurittaa lastaan

"sillä jokaista jota minä rakastan,

sitä minä nuhtelen ja kuritan"

mainen matka

ajallinen

hetken se kestää

koittaa päivä tilinteon

autuas sen osa

joka nimi oli elämän kirjassa

Kristuksen sotamies

varustaa itsensä hengen sota asein

Sana on hänen oppaansa

vihollinensa kolmiliitoinen

rauha on haave Kristuksen sotamiehen

hän ei saa rauhaa

kuolemassa on hänen voittonsa

palkinto, palkka

taivaassa

"Rauha, Rauha"

he huutavat

mutta onko heillä Jumalan rauha

käärme kertoo oman rauhansa

pettää

vaatii valheen

opettaa sitä

"Autuaita ovat rauhantekijät"

uskovainen pyrkii rauhaan

Raamattu kuitenkin varoittaa

väärästä rauhasta

Tunnon rauha

rauhoista korkein

Jumalan rauha kun lepää

kansakunnan yllä

lapset voivat hyvin

Vihollinen ei koskaan ota rauhaa

sen rauha on petos

tekee oman rauhantekijän

valehtelee

Jumala saa aikaan luonnonilmiöt

ukonilmat

sateet ja tuulet

vuodenaikojen vaihtelut

ilmakehän sähkövaraukset

Ihminen pieni

tutkii luomakuntaa

luulee tietävänsä kaiken

uusii teorioita

Miksi ei kelvannut ilmoitettu Sana

koska ihminen teki syntiä

ei nöyrtynyt parannukseen

halusi tehdä itse jumalansa

kadotuksen ansa

Taivaassa näen heidät kaikki

poisnukkuneet Herran pyhät

Karitsan istumassa istuimellaan

Jumalan ylimmäisen enkelin istuimen edessä

kolme ylienkeliä hänen edessään

taivaallisen sotajoukon

on rauha

on ihana olla

pois on mainen vaiva

vain autuus

ikuinen onni

sielun autuus

perumaton

ei enää yhtään syntiä

puhtaus

tunnon rauha

onni